回遊

目次

序

八島敏氏の作品は「滝」創刊主宰菅原閧也の、主に初期作品に色濃い抒情性を感じさせるものが多い。〈紅梅や配管の湯気立ち上がる〉〈青春の余白をうめよ花吹雪〉――これらに見られる淡いリリシズムは、師を失った我々にある種の懐かしさを伴って胸に響く。

また〈大萩の中通りやんせ通りやんせ〉〈一皿をころがる海鞘の水しぶき〉といった近年の作品は、句境の深まりが氏本来の純真さを引き出した趣きで、随所に瑞々しさが感じられる。

抒情性、少年性といったものがこの句集の大きな魅力になっているが、やはり見落としてはならないのは東日本大震災にまつわる句群である。〈初蝶や重たき海の重きまま〉――震災から九年、表面上の復興は進んだかに見えるが、いまだに「重たきまま」の心を抱える人の多さ。この「初蝶」は現世と来世をつなぐ存在として描かれているのは勿論、俳句という詩形が一種の「虚」を描くことで、表面上は目に見えない世界に到達できることを物語っている。

また、長く教育の現場に携ってこられた氏であるが、その教え子を津波で失うという悲運に遭遇している。〈夕なれば花野にこゑや大川小〉〈ビー玉に大夕焼けや大川小〉――氏は現実を臆せず詠みながら、現実を超えた「真実」を掴もうとしているように思う。俳人が「虚」を詠む根底には「真実」を希求する心がある。「虚」と「実」の間を「回遊」しながら、八島敏氏は「真実」を今も求め続けている。

東日本大震災発生から九年目の日に

令和二年三月

滝俳句会主宰　成田一子

蜻蛉の脚

二〇〇六年〜二〇一三年

バス停の先頭でまつ蜻蛉かな

天高し高跳びのバー落ちにけり

田に残る頑固な案山子父に似て

海坂の馬はまぼろし盆の月

猫じゃらし共徳丸の解体音

髭面の訛りとび交ふ六魂祭

対岸は通行止めや赤蜻蛉

天の川意外に深き轍かな

たてかけの箒に秋の星ひとつ

古民家に滑車の音や蕎麦の花

老僧の太き眉毛や小鳥来る

北上の川一筋や稲穂波

駄菓子屋の裸電球文化の日

星月夜常長の舟出航す

秋霖や古碑に漢のこゑ透る

鉄路なき駅へ降りたる初時雨

手を出せば水出る蛇口冬紅葉

水澄むや背中に残る母のこゑ

底なしの旅の疲れの浮寝鳥

龍船に一歩乗り込む木の葉かな

凍蝶の翅音の残る堂ひとつ

出航の旗立て直す年の暮

板前の背筋真っ直ぐ事始

寒晴れや大ビーカーの割れる音

青空をこぼしこぼして氷柱かな

水槽の底にはりつく冬の虹

倒木の影に耳立つ五郎助ほう

大寒を包む風呂敷なかりけり

柔肌に雪片とぶや地蔵尊

川えびや木目うき立つ杉の桶

立春や糸巻の糸ほどけゆく

春動くべつ甲飴と水飴と

紅梅や廃管の湯気立ち上がる

はるかより蹄の音や夜の梅

綴じ紐のクラス文集猫柳

給水の進まぬ列や柳の芽

潜水の指のサインや犬ふぐり

伊豆沼に朝日の柱帰雁かな

避難所のおむすび一つ卒業す

ポケットに言葉ふくらむ春の川

若草や大断層の迫り来る

雉笛に木霊めざめるあしたかな
片栗や風にのりたる波の音

青空に分け入る枝垂桜かな

愛姫の嘘空に桜漂へり

花冷えの水面分け行く汽笛かな

奥の奥あかり灯るや蛇苺

ドーナツの芯は窓なり田植唄

梅雨明けや新刊台の漫画本

切株の影の息づく巴里祭

仏足の魚もんやう若葉風

父の日や最終バスの明かり来る

再会に水の音あり花菖蒲

おもはくの橋に貴人や陽炎へり

ハンカチの木の花岩に砕け散る

鳴き砂を強く握るや夏の星

夏蝶や愛の一文字姉の墓

南天の花に雨降る裏鬼門

鞦韆の谷をさまよふ蟬の殻

浜茄子や取り残されし仮墓標

宮床の祭り掃き出す山七つ

揺れ椅子の促す羽化や夏の蝶

老鶯や木目しるけきマグカップ

夏蝶はしぶきの先に止まりけり

神前に登山名簿や夏つばめ

蟬鳴いてあやす言葉を探しけり

夕焼や朽ちゆく杭の影立てり

海峡に残る嘶き終戦日

波の倒れる音ひとつ晩夏かな

白帆の舟の先

二〇一四年～二〇一五年

松島や秋へ舵切る定期船

晴れわたる八百八島竹の春
満月にもつとも近き雄島かな

天高し足の突つぱる牛の意地

決壊に救助のロープ秋夕日

月光へ一騎かけゆく伊達の旗

秋蝶や海の水平見て帰る

駄菓子屋のでこぼこ土間や鬼やんま

鬼やんま決壊したる吉田川

学都かな欅の秋にあつまり来

トンネルの出口は銀河波の音

安達太良に翅たたむ音蔦紅葉

瑞巌寺竹青々と冬に入る

欄干に腰かけてゐる小春かな

鷹渡る雄島に白き風残す

波越えて木の葉おちつく雄島かな

湊 な き 花 魁 の 島 冬 茜

大陸の馬はまぼろし夕時雨

山鳩のふと啼く声や翁の忌

ポケットの枯葉の名刺京ことば

一枚の暦の重さ師走かな

愛姫の籠すれ違ふ冬の霧

みちのくに青さ失ふ海鼠かな

寒月や廊下の隅のバケツ二個

真剣の白刃の反りや寒の水

薄氷や肘をゆるめる太極拳

全村を消す地吹雪や赤子泣く

寝正月富士へ旅立つ雲生まる

声嗄れの動かぬ牛や山笑ふ

紅梅や石のころすするをんな坂

臥龍梅湖面をゆらす恋心

春寒し木立の奥の海の青

和紙すくふ粗き一枚卒業す

鉢巻の一糸ほつるる春の波

ひと口の水の甘さや春炬燵

小手毬や訛りの強き案内人

初蝶や重たき海の重きまま

草の芽に羽音こぼるる大社かな

囀や煙ひとすぢのぼりをり

躑躅燃ゆ妙義の山の岩ふたつ

きぎす啼く浅間の山の雲疾し

石垣の隙間に貌や雀の子

鳥のこゑかすれてをりぬ夕桜

葉桜や発車遅るるアナウンス

蝶落ちて鶴巣の里へ抱かれをり

飲み終へしグラスに潜む青田かな

白神の沼の青さや二輪草

駒姫の短きこゑや緑濃し

夕日積むギリシャの船や綿の花

母の日や阿佐緒の里の握り飯

あぢさゐや廃校跡の掲揚塔

あぢさゐや地図では近き善光寺

緑陰の真中ながるる汚染水

万緑や掛け声のぼるをとこ坂

大岩をふたつに断ちて百合の花

空蟬や社に残る貝の砂

夏銀河東京湾に鯱きたる

噴水の夕日の欠片掬ひけり

朝焼やパラオを肝に開墾す

鬣の渦の空

二〇一六年〜二〇一七年

城山の花ひとひらの影重し

地下鉄の出口は山や初茜

還らざる波の音する吊し雛

三月や渚に刺さる子のシャベル

佇めば肩に師のこゑ春の雪

山羊の目に赤き星消ゆ春の川

師の杖の音とほざかる富士の雪

風紋に地震の傷跡春の虹

梅の香に膝をゆるめる石畳

陸橋の固き大風犬ふぐり

春疾風空を支へる大欅

土嚢つむ祖母の力や初蝶来

花種にかけるひと声ランドセル

波音に祈る石碑や初桜

木洩れ日や石碑に蝶の翅の色

青春の余白をうめよ花の雨

大津波久し初音の大社かな

樹の瘤に弥勒の力囀れり

花の下真つ赤な頬の縄電車

父の日やゆつくり降ろす旅鞄

泡沫は阿佐緒の里の小蟹かな

大門に入ればは羽音や夏きざす

帽子屋の左右の鏡夏きたる

九条の崩れぬ峰や蟻の列

緑濃し正宗のこゑききに入る

雨粒の白き色かな藤匂ふ

五月雨や足先細き男靴

稚児踊る親の目ゆする街ゆする

法螺貝のビルの反響夏つばめ

境内のこんにやく辛し梅雨晴間

地引き網たぐる少年雲の峰

夏の海蘇生のピアノ鳴りにけり

白砂の消えたる浜や大花火

胸に打つ少女の太鼓夏の月

クレーンに提灯釣し盆踊

祭笛盥の空をゆらしをり

石窯の消ゆる炎やましら酒

まぼろしの滝音近し落し文

溶接の音も灼けくる路地の夏

石投ぐる川の水紋より揚羽

雨粒の一閃の糸餓鬼忌かな

浮き上がるすいとんひとつ夏銀河

雲海の遠き月山浄土かな

境内に子のころ弾けさるすべり

白地図に赤き矢印小鳥来る

通草蔓ひつぱる父の高笑ひ

幼子のつむじ掠める石叩

白桃や夕日を返すにはたづみ

荒磯や銀河にふるる五能線

天高し古代の謎の藁の舟

語部のうしろの戸板軋む秋

葦刈るや遠き小舟のちちの笠

新松子芭蕉の句碑へひざまづく

欄干に源氏の影や秋の月

碑に千年の風柿たわわ

新駅の窓に巨船や初秋刀魚

赤い羽根帽子に成田十時発

追伸にこぼるる本音今年米

かりがねや箪笥の奥の古手紙

ちちははの大輪の菊よく育つ

凍蝶は僧の十指に生まれをり

松島の牡蛎船白し空白し
引く波に隠し音ある雄島かな

ヒマラヤへ消ゆる冬蝶星残す

寒北斗猿の土偶の祈りかな

嵩上げの埠頭の明かり牡蠣する

鏡屋の夜空の鏡クリスマス

雪降れば消ゆる道なり灯一軒

伊豆沼の水面が舞台大白鳥

道ひとつ冬山七つ鶏啼けり

凍蝶や浮びて消ゆる水の泡

かりがねや渚に残る鞠ひとつ

崩壊の城の石垣冬夕陽

風音も水音も暮れ軍鶏の鍋

咳き込めば赤き光の海の神

咳き込めば芭蕉の碑石発光す

観音の睫に雪の重たさよ

大宇宙の橋

二〇一八年～二〇一九年

吊し雛宇宙膨張加速せり

地に山河宇宙に木霊吊し雛

春眠や宇宙の果てに鈴ひとつ

春銀河閑也と賢治語り合ふ

鎮魂の遠きサイレン梅の花

藁ひとつ啄む鳥や春の雪

種袋ふればひひづめの音すなり

下萌や遠くの海へ兜太逝く

空港の大きな帽子春の海

初蝶や永き祈りの島の橋

柵開けば蹄高鳴る春の山

妹を背に花いちもんめ花の下

花電車通りし道のループバス

花満ちて平成最後ボディビル

花冷えやブルーシートの英会話

春惜しむ桜メニューのレストラン

山の香へひらく改札初つばめ

前垂れに地酒の銘や青葉冷

老幹に弥勒の影や夏に入る

薫風に防人の唄きこゆなり

薄墨の跳ねる筆先五月富士

荒滝やアイヌの地名残る里

銀漢やアイヌの里の土匂ふ

梅雨晴の地底にマグマ溜まりけり

濡れてゐる樹根の祠蛇出づる

山寺の奥院に蓮咲きにけり

空蟬や小惑星に四季ありぬ

山百合や古道に祀る貝の石

花りんご夕星あふる日本海

月山の大雪渓に胸ひらく

胸深く茂吉の歌集夏北斗

白蓮へこゑのころがる湯殿かな

緑さす逆白波の櫂の舟

蟻を見てゐる兄弟の膝小僧

すがる目の小やぎ撫でなで麦藁帽

若葉冷馬上の兜街を攻む

周平の「橋」めくる風七変化

塵のやう風のやうなる糸蜻蛉

雲海やアラビアの文字着信す

対岸のてつぺんの家夏蝶来

新刊につまづく少女富士詣

流星やクレオパトラの口呪文

流星や山猫軒の幕あくる

首筋に秋蚊のけはひ闇を打つ

夕なれば花野にこゑや大川小

秋の海君の詩片は雲にのる

壺の碑を触れずに帰る赤蜻蛉

大萩の中通りやんせ通りやんせ

鈴虫や息のつづかぬハーモニカ

きりぎりすアポロンの指弓はなつ

水没の棚田に星や野分あと

秋晴やブルーシートの屋根の石

蔵王嶺の初冠雪やモカコーヒー

大太鼓とどく海底牡蠣育つ

恋の矢を冬の銀河へ放ちけり

幾百の窓に朝日や大試験

いだてんの靴音ふるる冬木の芽

軒氷柱あかり連なる電車すぐ

みちのくの雪笠しづくひかりをり

大波にゆるる舳先や冬北斗

戦塵に水路一本冬銀河

寒漉の和紙少年のこゑとほる

冬霧の底に大都市沈みけり

蝶の道

NHK

天の川和紙の手ざわり母に似て

過疎の村案山子いつぱい溢れをり

追ひ炊きの木つ端の烟豊の秋

今朝の雪胴ぶるひして牛立てり

棹させば沼底ひびき白鳥来

杖の手にそっと手を添ふ七五三

散る桜闇に色ある地球かな

雨糸に笛の音かすかか山桜

海に墜つ揚羽の飢ゑやまた空へ

波の音星の音する残花かな

角川

行く秋の音を転がす水車かな

生か死か逃げ道迷ふ赤蜻蛉

星々と綾取りしたき良夜かな

空掬ふ大縄跳びや星生まる

真剣の気合ひに触るる寒の水

するめあぶ漁師の背中冴え返る

独楽はねて宇宙の旅の火花かな

咲き満ちて花の扉の地球かな

岩肌はをとこの匂ひ黒揚羽

噴煙の帰る小島や牛冷す

祭笛島国大地始動す

雨とらへ夕日もとらへ女郎蜘蛛

すくひとる金魚の眼玉月にあり

遠雷や木目の仁王降臨す

海峡の音なき雨や敗戦忌

老幹の瘤の眼力十三夜

夏北斗古代の民の丸木舟

野分晴れブルーシートの屋根迫る

手のひらに蟬殻かえす羽風かな

高層のゴンドラに風鳥渡る

壺の碑

ビー玉に大夕焼けや大川小

行く雨の丘は壺の碑柿たわわ

晩秋の碑に鈍き色あふれをり

阿弖流為の玲瓏の道秋夕日

鞘堂のあまだれ白し新松子

海境へ凍蝶はなつ読経かな

松島芭蕉祭

朝潮の牡蛎にこもる汽笛かな

まなうらに海の音あり桃青忌

ひらく手に残りし読経冬の海

海光に生まるる羽風桃青忌

山寺・現代

岩肌に一痕のこす夏の蝶

一段に一歩一山滴れり

一天にふるる山寺木の実落つ

夏至の日や石の匂ひの文学館

仙台文学館

父の日や宙に一筆一年生

駄菓子屋の鏡にメダカ生まれけり

鎌倉

サンファンの航海日誌冬北斗

一皿をころがる海鞘の水しぶき

自選十句

山羊の目に赤き星消ゆ春の川
春眠や宇宙の果てに鈴ひとつ
城山の花ひとひらの影重し
祭笛盥の空をゆらしをり
松島や秋へ舵切る定期船
葦刈るや遠き小舟のちちの笠
流星や山猫軒の幕あくる
ビー玉に大夕焼けや大川小
ひらく手に残りし読経冬の海
海光に生まるる羽風桃青忌

あとがき

第二の人生に俳句を勉強して良かったとつくづく思っている。

昼休みに健康のために瓢箪池を歩き、四季の変化に気づいた。平成十八年の秋、バス停の標識に蜻蛉が止まっていた。蜻蛉が一番で私が二番。これを「バス停の先頭でまつ蜻蛉かな」と初めて作った句。河北新報に投句し西山睦先生の第一席に入った。

その時、俳句は月に一句程度なので、菅原鬨也主宰の「滝」に入会し、ミニ句会「道の会」で勉強を始めた。常用漢字以外の漢字は厳禁の世界にいたので、無限の俳句の漢字は読めないし、書けなかった。又、嘱託の後に理科支援員をしたので、季語の説明をしたり、原因と結果の句になったりする傾向が長く続いた。主宰から蝶は夜に飛べないが、俳句は文学で闇に蝶が飛んでもおかしくはないと指導を受けた。

俳句の具材は生物が多い。私は十歳までは将監沼の近くに住んでいて七北田小まで四十分。その帰りの毎日が道草。春に畦道を歩くと蛙が堀へ飛び込む。その音が面白く、畦道をかけた。芭蕉の句の「……蛙飛びこむ水の音」は知らなかったが、自然の豊かさを十分味わった。当時の食糧事情から我が家では、山羊を飼っていた。休みの日は山羊を連れ沼まで散歩。冬の沼は天然のスケート場。春には沼からの沢水に川エビと小さな蜆が住んでいた。小五の時、豊かな沼と山羊と別れて、友多き南小泉小に転校。

高校時代は生物クラブに入部して、蛙の変色を勉強した。赤蛙は土に合せて黒い皮膚に変える。それを司るのが甲状腺と分かり、隣の寺の蛙を捕まえては解剖した。福島の原発周辺の蛙はそれが汚染されて、お玉杓子のまま一生を終えたり、土と同化できなくて簡単に鳥に捕食されているのではないかと思う。又、生物クラブOB誌「探求」によると海を越えるアサギマダラが数年前から宮城県でも捕獲。ロマンのある蝶は詩や俳句になった。

東日本大震災の時、気仙沼市の松岩小の教え子豊島圭一郎君が津波で亡くなった。当時は日常生活が不便で、給水に長時間並んでいた時、冬木の芽を見て元気もでたが、それに耐える中で、私の脳に結構、内言語があることが分かった。

「夕なれば花野にこゑや大川小」「ビー玉に大夕焼けや大川小」

新任の教師二人も亡くなり、本当に悲しい出来事であった。

伊達政宗の墓の入り口は涅槃門。生と死の境の門を黒揚羽が自由に出入りしていることから、句集の題名に「回遊」とつけた。単なる魚の回遊ではなく、海坂へ行って、また戻ってこれる願いの題名にした。

私の代表句は秋の句なので、第一部と第二部は秋から並べ、第三部から春にした。第五部は俳句大会の特選と入選句にした。姉夫婦が東京へ転居し、スカイツリーも完成したので、行ってみたいと思っていた時、平成二十七年ＮＨＫの俳句大会で、櫂未知子先生の特選となり上京。句集は全部で三一六句。私の句はごく平凡ではあるが、そんな句も良しとし句集を発刊することにした。

故菅原鬨也主宰、成田一子主宰と石母田星人副主宰の指導を受け深く感謝している。又、句会の充実している「道の会」代表の鈴木要一氏・遠藤玲子氏からも適切な助言を受け、切磋琢磨し育てられた成田清治氏と斎藤伸光氏、そして、滝の皆様と俳句愛好者にも深く深く感謝申し上げる。

読者には俳句愛好者になっていただくことを切に願っている。

この折りに新型コロナが全世界に蔓延。人間が生き残るには治療薬とワクチンが必要である。早く収まって欲しいと願っている一人でもある。

令和二年四月

八島　敏

著書略歴

八島　敏（やしま　びん）

本名　八島　敏夫

1945年　宮城県仙台市生まれ

1970年　宮城教育大学小学校課程（算数）卒業

在学中詩集発刊

1973年　仙台市立六郷小学校で詩を中心とした学級文集発刊

2006年　公立小学校退職後に作句を始める

2008年　滝入会

2013年　滝同人

2015年　角川の河北新報社賞受賞

NHKの特選受賞

2019年　滝奨励賞受賞

現在　宮城県俳句協会会員

現代俳句協会会員

現住所　〒989-3201

宮城県仙台市青葉区国見ケ丘2-36-6

表紙絵　八島　てい子

句集　回遊

令和2年6月1日発行

著　者　八　島　敏

発行者　藤　原　直

発行所　株式会社金港堂出版部

仙台市青葉区一番町2丁目3番26号

電話（022）397-7682

FAX（022）397-7683

印刷所　笹氣出版印刷株式会社

落丁本、乱丁本はお取りかえいたします。

ISBN978-4-87398-130-7